■ 글벗시선 182 최교수's 한줄세상

최교수's 한줄세상

사랑 한줄
마음 한줄

돌 담 최 기 창

도서출판 글벗

캘리 디자인 윤주태

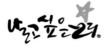

최교수's 한줄세상

사랑 한 줄
마음 한 줄

돌 담 최 기 창

『사랑한줄 마음한줄』을 내며

최기창

충남 천안 출생, 강원 원주 거주
문학박사(특수교육학), 경영학 박사
현, 상지대학교 재활상담학과 교수
저서 : 돌담한줄1,2, 인생한줄 웃음한줄

사랑을 나누며
따뜻하게
마음을 나누며
포근하게
비 살아보렵니다

차례

제2장 마음한줄

제1장 사랑한줄

소중한
당선
오직 하나밖에 없는 퍼즐 한조각
바로 당신이지요.

손

잡은 손엔
사랑이…

잡힌 손엔
믿음이…

꽃과 별

꽃님이 내게
사랑한대요

나만 사랑하는 줄 알았었는데…

별님이 내게
그리움대요

나만 그리운 줄 알았었는데…

여닫이

하루 열이도
너-

하루 닫이도
너-

사랑 마음

예쁜 꽃 만나면
고운 향기 스치면

보여주고 싶다
같이하고 싶다

사랑하는 이…

사랑해

꽃이 피면
꽃이 펴서

꽃이 지면
꽃이 져서

사랑해…

오늘

나는 오늘
행복해

소중한
내 하루를

너와 함께
만들어서…

사랑 느낌

마음이 보고플 땐
눈을 감아요

마음이 노래하는 시가 보여요

마음을 듣고플 땐
귀를 닫아요

마음이 그려내는 사랑이 들려요

꽃과 바람

꽃님아!

넌 하늘만 보고 있구나!
나는 너를 보고 있는데…

바람아!

넌 스쳐만 가는구나!
나는 너를 맞고 있는데…

예외

아무리
내가 바빠도

한사람에겐
예외랍니다

너-

동행

내 하루에
들어온 임

임 하루에
들어간 나

가고 있어

네 곁으로
가고 있어

내어 줄 거지?

네 품으로
가고 있어

받아줄 거지?

사랑

받기 위해
태어나

주기 위해
살고 있는

소중한 당신

사랑은

사랑엔 저장고가 없어
쉽게 배가 고프고

사랑엔 백신이 없어
금방 몸이 아픕니다

사랑은 코스모스 같아서
작은 바람에도 흔들리고

사랑은 모래사장 같아서
금세 목이 마릅니다

그러나
사랑은 곧잘 참고 견디며
흔들려도 쓰러지지 않고

사막 같은 갈증에도
변함없이 꿈을 꿉니다

사랑 나무

함께

당신과 함께
웃을 수 있어

참
좋아요

주목 사랑

살아 천년
사랑하고

죽어 천년
사랑하리

사랑 마음

네게 맡긴 내 마음
내게 맡긴 네 마음

네게 담긴 내 마음
내게 담긴 네 마음

향기

예쁜 꽃
고운 향기

좋은 분
사람 향기…

사랑샘

사랑 샘물 흐르면
그냥 두세요

막아도 막아도 넘쳐나는걸…

사랑 샘물 넘치면
그냥 두세요

퍼내고 퍼내도 소용없는걸…

사랑

한마디면
족하다

사랑을 외칠 때는…

한 줄이면
족하다

사랑을 적을 때는…

그리움

임은
아실까?

때 되면
배고프듯

마음도
고프단 걸…

꽃잎 사랑

아침 이슬에
꽃잎 젖을까

한낮 햇살에
꽃잎 마를까

저녁 바람에
꽃잎 흔들릴까

간밤 외로이
꽃잎 떨어질까

사랑 깊이

당신을 사랑하는
내 마음의 길이는

잴수록 길어지고

당신을 사랑하는
내 마음의 깊이는

팔수록 깊어지네

사랑은

사랑은
퍼내도 퍼내도
마르지 않고

사랑은
담아도 담아도
넘치지 않아요

사랑은
먹어도 먹어도
부르지 않고

사랑은
곪아도 곪아도
상하지 않아요

사랑은 전부다

사랑은
미소이자 울먹임이고
설렘이자 두려움이다

사랑은
기쁨이자 슬픔이고
격정이자 평온이다

사랑은
간절함이자 냉정함이고
힘이자 아픔이다

사랑은
그리움이자 미움이고
꿈이자 현실이다

그래서
사랑은 전부다

사랑으로

너는
무엇으로
행복할 거니?

나는
사랑으로
행복할 건데…

나눔

사랑을 나누면
달콤해지고

대화를 나누면
훈훈해지고

음식을 나누면
넉넉해지고

정성을 나누면
감사해지고…

너와 함께

바람 부는 날엔
바람 타면 되고

비가 오는 날엔
촉촉하면 되리

눈 내리는 날엔
눈 맞으면 되고

햇볕 따스한 날엔
포근하면 되리

천사

난
네가
천사였음 좋겠어

날개만 떼어내면
떠날 수가 없잖아?

늦기 전에

사랑—
지금 해볼란다

더— 늦기 전에

도전—
지금 해볼란다

더— 늦기 전에

고백-
지금 해볼란다

더- 늦기 전에

화해-
지금 해볼란다

더- 늦기 전에

당신은

내가 좋아하는
당신은

내 마음의
안전기지

내가 사랑하는
당신은

내 마음의
푸른 하늘

내가 존경하는
당신은

내 마음의
맑은 샘물

사랑으로

우리에겐 빈틈이 있어
그래서 채우는 거야

끈끈한 사랑으로…

우리에겐 차이가 있어
그래서 맞추는 거야

든든한 사랑으로…

우리에겐 그리움이 있어
그래서 만나는 거야

달콤한 사랑으로…

당신께만은

남겨 둘 생각- 없습니다
아껴 둘 생각도 없습니다

당신께만은-

미뤄 둘 생각- 없습니다
숨겨 둘 생각도 없습니다

당신께만은-

참 좋아

참 좋아!

널 ―
생각할 수 있어서…

참 기뻐!

널 ―
사랑할 수 있어서…

열쇠

여기…

내 마음의
전용 열쇠…

♡

어서

하루
늦음

하루
늙음

늦기 전에
늙기 전에

사랑맛

사랑맛이
단맛뿐이라면

금세
질렸을 거야

그 사람

어리광을 피울 땐
귀엽고

열심히 노력할 땐
대견하고

끝까지 들어줄 땐
부드럽고

마음을 읽어 줄 땐
고맙고

당당하게 나설 땐
멋지고

버팀목이 되어줄 땐
믿음직하고…

사랑텃

곁에 없어
서운해지는

그런 사람이 있다

차마
서운하다고 말할 수 없어

더
서운해지는

그런 사람이
내게 있다

너

참 좋아!

'너'라 할 수 있어서…

받은 사랑

온전히
갚으려면

거덜이
나겠구나!

함께

너와 함께
살고 싶다

꼽사리 껴서라도…

소중한 당신

오직
하나밖에 없는
퍼즐 한 조각

바로
당신이지요

한가지

한가지 때문에
좋아도 지고

한가지 때문에
미워도 지고

추억

깊숙이
너를 숨겼다

귀한 것보다도
더-
소중하여…

고백

당신의 마음을
훔칠 생각
없습니다

노골적으로
구걸합니다

제2장 마음한줄

오해

난 네가
내 맘인 줄 알았어

내가
네 맘 아닌 건
벌써 알았지만…

들킴

내 마음을
들켜주자!

눈치 없는
그에게…

속물

점점
뻔뻔해져…

두려움마저 잃을까
겁이나…

산행

돌멩이
한 개를

돌탑 위에
얹었다

내 마음이
되었다

언덕

당신이
나의
기댈 언덕이듯

나 또한
당신의
기댈 언덕이 되길…

당신

열심히 살아온 당신

칭찬받아
마땅합니다!

자존감

나 같은 사람
한 명쯤

세상에
살고 있어

민폐는
아니잖아?

미안해요

내 맘은
숨긴 채

네 맘만
찾았네요

노래 그림

비가 오는 날이면
창밖의 그림도
음악처럼 들리고

눈이 오는 날이면
찻집의 노래도
그림처럼 보인다네

하나

하나뿐인
하나는

전부입니다

인내

참아온 게
아까워

또
참네

감사

그동안 잘못한 거

들키지 않고
살 수 있게 해주시니

고맙습니다

길

높이 가면
보일까?

깊이 가면
찾을까?

별꽃 불꽃

밤하늘에
별꽃이 가득한 것은
꿈이
하늘에 있기 때문일 거야

밤거리에
불꽃이 가득한 것은
꿈이
거리에 있기 때문일 거야

마음

마음은
사는 게 아니라

얻는 겁니다

마음은
파는 게 아니라

주는 겁니다

복지 시대

눈 복지
코 복지

얼굴 복지
몸매 복지

마음길

길을
잃은 사람은

갈 곳을 모르고

마음을
잃은 사람은

둘 곳을 모른다네

더더더

한 번 더 하고 싶고
조금 더 얻고 싶고

한 발짝 더 딛고 싶고
한단 더 오르고 싶고

한잔 더 마시고 싶고
한마디 더 뱉고 싶고

더 · 더 · 더
더 병이다

나머지

가다 만
돌아섬엔

미련이 남고

하다 만
아쉬움엔

후회가 남지

마음 텃밭

마음의 씨앗은
뿌리지 않고 심는 거야

하나씩 하나씩
마음 텃밭에…

값어치

돈으로
살 수 없는 게

가장 비싼 거지요

오타 수리

수리수리 마하수리
수리수리 마음수리

배움

저분처럼
살아야지…

저분처럼은
살지 말아야지…

반반

반반이라서
고민인 거다

반반이 아니라면

고민은 벌써
끝난 거다

침묵

원수와의
침묵은

긴장의 연속이고

친구와의
침묵은

대화의 연속이지

듣는 보약

그분이
날
칭찬하셨다

"아이 좋아라!"

생각 공간

시간은
많아요

여유가
없을 뿐…

달마산

달마가 묻는다

"이제부터 넌 –
뭣하며 살다 죽을래?"

공동우승

이기려고
애써서

이기며 살기보다는

비기려고
애써서

비기며 살아보자요

말과 글

아픈 말은
따끔하지만

아픈 글은
깊-숙합니다

해와 달

해 맑은
생각

달 밝은
마음

직업

밥줄-
그 이상이라면 성공일 거야 …

뚜껑

뚜껑
열리면

속이
보입니다

관계

하수는
이기려 하고

고수는
비기려 하지요

삶에게

누더기로
멍졌어도

저렴하진
말아야지…

혜안(慧眼)

겉보기는
눈으로

속보기는
마음으로

인생

바다로 가는
버스를 탔다

목적지에 도착하면
이 버스는
누군가를 가득 태우고
다시
산으로 갈 것이다

산으로 가는
버스를 탔다

목적지에 도착하면
이 버스는
누군가를 가득 태우고
다시
바다로 갈 것이다

말

입에서 나온 말은
유혹을 주고

눈에서 나온 말은
호감을 주며

글에서 나온 말은
믿음을 주고

가슴에서 나온 말은
공감을 준다네

마음

마음을 주는 대신
얻으려만 한다면

마음 구걸이고

마음을 얻는 대신
훔치려만 한다면

마음 도둑이지

가림

살아갈수록
점점
가릴 곳이 많아지네

다리도
뱃살도

속마음까지도

물

솔직히
저는
겉물만 든 게 아닙니다

속물까지
깊숙이
들었답니다

나무 탈모

앙상한
가을 나무

너도 나처럼
머리부터 빠지는구나!

동행

내가
따랐거나

네가
맞췄거나…

제일

맘편
제일

튼튼
제일

잡념

텃밭에는
잡초가

내 마음엔
잡념이

인생

어쩌면
인생은

지는 연습일지도 모릅니다

잘- 지는 연습

하루

하루
죽이기?

하루
살리기?

준비

오늘은
웃을 준비만 하고

내일은
편하게 웃을 거야

길

미지의 길을
걷더라도

무지의 길은
아니었으면…

짐

무거운 짐
내린다고

가뿐해질까요?

허전한 건
아니구요?

믿음

자신을
너무

믿지 마세요

스스로
잘

아시잖아요

맛 행복

맛 든 모습을 눈으로 보고
맛 좋은 소리를 귀로 들으니

행복하구나!

맛 난 음식을 입으로 먹고
맛 찬 사람을 정으로 만나니

행복하구나!

비료

위로(慰勞)는
사람을 살리는
보약(補藥)

격려(激勵)는
사람을 키우는
비료(肥料)

마음

내 마음을
열었더니

어라?

네 마음도
보이네?

새

날고 있는
저 새는

갈 곳을
정한 걸까?

마음

속마음이
보이면

겉마음이
되지요

좋은 사람

내게
좋은 사람은

내 마음에 맞는 사람

네게
좋은 사람은

네 마음에 맞는 사람

피고 지고

청춘은
울어도
꽃이 피고

황혼은
웃어도
잎이 지고…

약속

믿을 수 있는 사람과
약속하면

평화가 오지만

믿을 수 없는 사람과
약속하면

불안이 옵니다

수돗물

똥물로도
가고

밥물로도
가고…

멋대로

법대로
산다더니

멋대로
사는구나!

조심

조심
또
조심

초심
또
초심

평생

내일을 위해

살다가

오늘을

잃었네

생명

새 생명
헌 생명

따로 없지요

꿈

개꿈은
잠들어서

참꿈은
깨어나서…

보약

입으로 먹는 보약은
건강을 지켜주지만

관계로 얻는 보약은
사람을 지켜주지요

살면서

아이는
배우고

어른은
깨닫지요

미룸

미루고
미루다

미룬걸
잊었네

하루

내 하루에
미안하지 말자요

화해

분명…
남는 장사지요

양약고구 충언역이
(良藥苦口忠言逆耳)

좋은 약은
입에도 달고

좋은 말은
듣기에도 좋습니다

값

손해는
돈 값

서운은
마음 값

지하철

출구
인생

번호
인생

마음 짓기

마음은
먹는 게 아니라

짓는 거지요

따끈한 밥을 짓듯…

다행

울면서
태어나
웃을 수도 있으니

이 얼마나
다행인가?

결심

산모―

남부럽지 않게 길러야지…

신생아―

빨아 먹을 수 있는 데까지
빨아 먹어야지…

사람

죽은 사람이
무섭던가요?

난
산 사람이 무섭던데…

좋은 사람

좋은 사람
만나긴
쉽지 않다지요

좋은 사람
되기도
어려울까요?

돌봄

입으로
먹은 건

제 몸을
돌보고

마음으로
먹은 건

제정신을
돌보고

균형

한쪽으로
치우치면

자빠집니다

미련

미련이
남으면

미련한 놈
되는 거지

작심(作心)

먹은
마음

뱉지 말고

잡은
마음

놓지 말고

화해

아무리 미워도
죽기까진 바라지 마세요

화해할 기회가
없어지잖아요

자판기

갖고 계신
희망자판기를
눌러보세요
희망이 나옵니다

갖고 계신
행복 자판기를
눌러 보세요

행복이 나옵니다

MEMO

MEMO

■글벗시선 182

최교수's 한줄세상

사랑 한줄
마음 한줄

인쇄일 2023년 2월 18일
발행일 2023년 2월 18일
지은이 최기창
펴낸이 한주희
펴낸곳 도서출판 글벗
주 소 경기도 파주시 와석순환로16, 한빛마을 905-1104
전 화 031-957-1461
팩 스 031-957-7319
출판등록 2007. 10. 29(제406-2007-100호)
ISBN 978-89-6533-238-1 04810